Carlo Goldoni

Amor contadino

PERSONAGGI

ERMINIA cittadina in abito villereccio.

> *La Sig. Giovanna Cesati di Milano.*

CLORIDEO sotto nome di SILVIO, in abito di pastore.

> *Il Sig. Domenico Pacini di Pistoia.*

La LENA

> *La Sig. Teresa Alberts di Vercelli.*

La GHITTA sorelle, figliuole di Timone.

> *La Sig. Rosa Dei di Firenze.*

TIMONE vecchio contadino.

> *Il Sig. Francesco Bianchi di Milano, Virtuoso di Camera di S. A. R. il Principe Carlo Duca di Lorena e di Bar ecc.*

CIAPPO lavoratore.

> *Il Sig. Domenico de Angiolis di Roma.*

FIGNOLO famiglio.

> *Il Sig. Giuseppe Mienci.*

La Musica del Sig. Maestro Gio. Battista Lampugnani di Milano.

La Scena si rappresenta in un podere lavorato da Timone,
ed in luoghi poco distanti.

Il Vestiario sarà di ricca e vaga invenzione
del Sig. Lazzaro Maffei Veneto.

BALLERINI

Monsieur Pierre Bernard Michel Virtuoso della   *Il Sig. Antonio Chiarini.*
Sig. Principessa,

Ereditaria di Modena.

                                      Il Sig. Gennaro Magri.

                                      La Sig. Angiola Agustinelli.

La Sig. Giacomina Bonomi.   *La Sig. Laura Franceschi.*

Il Sig. Giuseppe Gioannini Arcolani.   *La Sig. Catterina Gattai.*

Il Sig. Pietro Onorio.   *La Sig. Marianna Ceriati.*

Il Sig. Michel Corradini.   *La Sig. Marianna Ricci.*

Li Balli saranno di direzione e composizione
del Sig. Gennaro Magri di Napoli.

MUTAZIONI DI SCENE

ATTO PRIMO

Vasta campagna arativa, sparsa di vari fasci di grano mietuto. In lontano colline deliziose ingombrate d'alberi e vigneti con caduta d'acque, che formano un vago rivo, sopra il quale si vedono degli alberghi villerecci.

Atrio villereccio, che introduce al rustico albergo di Timone.

Stanza rustica interna dell'albergo di Timone, col focolare e foco acceso, sopra di cui vedesi la caldaia per cuocere i gnocchi; da un lato tavola per la cena, con sedie ed altri apprestamenti per la medesima.

ATTO SECONDO

Atrio villereccio, che introduce all'albergo rustico di Timone.

Ruine d'antichi acquedotti.

Atrio, che conduce all'albergo rustico di Timone.

ATTO TERZO

Atrio, che introduce all'albergo di Timone.

Prato dietro la casa di Timone, circondato d'alberi; con veduta in prospetto di colline, ingombrate d'alberi e di vigneti e capanne.

Fuochi di letizia che illuminano la Scena, e luna risplendente.

Il Scenario, tutto nuovo, è invenzione del Sig. Gianfranco Costa, Architetto e Pittore Veneto, e Socio della Reale Accademia Parmense.

ATTO PRIMO

SCENA PRIMA

Vasta campagna arativa, sparsa di vari fasci di grano mietuto. In lontano colline deliziose, ingombrate d'alberi e vigneti, con caduta d'acque, che formano un vago rivo, sopra il quale si vedono degli alberghi villerecci.

TIMONE, GHITTA, LENA, CIAPPO, FIGNOLO, *tutti distesi al suolo dormendo, appoggiati ai fasci di grano. Villani e Villanelle sparsi per le colline.*

TIM.	Oh dolcissimo ristoro (*svegliandosi*)
	Delle membra affaticate!
	S'è dormito, ed al lavoro
	Tempo è ormai di ritornar.
	Su, svegliatevi.
	Su, rialzatevi.
	Ritornate a faticar.
CIA.	Dal bollor d'estivi ardori (*svegliandosi*)
	Mi conforta il riposar;
	Ed amor co' suoi martori
	Non mi viene ad insultar.
	Presto, presto, - son qui lesto
	A far quel che si ha da far.
FIGN.	Oh che sonno saporito! (*svegliandosi*)
	Che piacevole dormir!
	Or mi par che l'appetito
	S'incominci a far sentir.
	Ragazzine, - su, carine,
	Che il lavor s'ha da finir.
LENA	Ah, sparito è il mio bel sogno! (*svegliandosi*)
	Ho perduto il mio piacer.
	Vorrei dirlo, e mi vergogno;
	No, nessun l'ha da saper.
	Son destata, - sono alzata,
	Vengo a fare il mio dover.
GHI.	Ah, dormir non ho potuto, (*svegliandosi*)

Ché mi balza in seno il cor.

No, lasciar non mi ha voluto

Riposare il dio d'amor.

Chi mi chiama? - Chi mi brama?

Son qui pronta al mio lavor.

TUTTI

Dai sudori e dallo stento

Bella cosa è il riposar;

Ma chi il cuor non ha contento,

Pace mai non può sperar.

Bel diletto - quando il petto

Non si sente a tormentar!

TIM. Su, figliuoli, d'accordo

Del gran mietuto a collocare i fasci

Ite all'aia vicin. Poi ciascheduno

A qualche altra faccenda

La mano impieghi, e di buon cor vi attenda.

Va tu, Ciappo, alla macchia

A provvedere il focolar di legna.

Tu, Fignolo, t'ingegna

Col tuo fucil per la campagna amena

Di grasse quaglie a provveder la cena.

E voi, figliuole mie, per la famiglia

Fate quel che convien. Tu, Lena, un piatto

Preparaci di gnocchi;

Va tu, Ghitta, a raccor pera e finocchi.

LENA Subito, padre mio. (*vuol prendere un fascio di grano*)

CIA. Eh, t'aiuterò io. (*vuol sollevar egli il fascio da terra*)

LENA   Va via di qua.

(*lo scaccia, prende il fascio e se lo mette in spalla*)

(Egli è il mio caro ben, ma non lo sa). (*da sé*)

GHI. Ciappo a tutte è cortese,

Fuori che a me.

CIA.	Fignolo è a te vicino,

Ti può meglio servir.

FIGN.   Sì, volentieri.

(Ma di mal cuore, a dir il ver, lo faccio).

Tenga, signora mia. (*prende il fascio e glielo dà in spalla*)

GHI.   Brutto cosaccio. (*lo prende con dispetto*)

FIG.   (La Lena è più gentil). (*prende anch'esso il suo fascio*)

CIA.   (Lena vezzosa,

Guardami un pocolin). (*piano*)

LENA   (Lasciami stare).

CIA.   (Pazienza). (*prende il suo fascio*)

LENA   (Il mio Ciappin fa innamorare). (*da sé*)

TIM.   Via, spicciatevi, e poi

Anch'io sarò con voi. Gli altri lavori

Pria visitar mi preme.

Sparito il sol, ci troveremo insieme.

LENA   E mangieremo i gnocchi.

GHI.   Le pera ed i finocchi.

FIG.   E in allegria noi passerem la sera.

CIA.   (Ma il mio povero cor pace non spera). (*da sé*)

TUTTI

Dai sudori e dallo stento

  Bella cosa è il riposar;

  Ma chi il cuor non ha contento,

  Pace mai non può sperar.

  Bel diletto - quando il petto

  Non si sente a tormentar!

(*partono tutti, eccetto che Timone*)

SCENA SECONDA

Bella consolazione

Avere una famiglia

Tutta di buona gente,

Da cui la casa un dispiacer non sente.

La Lena è una fanciulla

Buona, che non sa nulla

Delle cose del mondo,

E la Ghitta ha un bel cuor schietto e giocondo.

Ciappo lavoratore

È un giovane d'onore, ed anche Fignolo,

Per dir la verità,

È un buon famiglio che lavora assai,

E che al proprio dover non manca mai.

Ecco Silvio: anche questo (*osservando fra le Scene*)

È un giovane modesto e di giudizio,

E ho piacere d'averlo al mio servizio.

SCENA TERZA

Clorideo *ed il suddetto.*

CLOR.   Pace bramo, e non la spero:
                              Mi tormenta il dio d'amor.
                              Ah, per tutto il nume altero
                              Tende lacci a questo cor!

TIM.   Che hai che ti lamenti?
CLOR.   Oh mio benefico,
             Generoso Timone, io non mi lagno
             Né di voi, né di queste
             Umili mie fatiche;
             Delle stelle mi lagno al cuor nemiche.
TIM.   Delle stelle ti lagni? Io crederei
             Ti dovessi lagnar con più ragione
             Del caldissimo sol della stagione.
CLOR.   No, punto non m'inquieta
             Il sol co' raggi suoi. Rose e viole
             Nell'orto ho trapiantate
             Come mi avete imposto,
             Né i bollori temei del caldo agosto.
             Quello che il sen m'accende,
             È un foco assai maggiore.
TIM.   E qual foco sarà?
CLOR.   Foco d'amore.
TIM.   Povero disgraziato!
             Me ne dispiace assai,
             Che anche in mezzo del verno arder dovrai.
CLOR.   Ah, se da voi mi lice
             Sperar nuova pietà, domando a voi
             Provvidenza a quel mal che in me piangete.
TIM.   Ma che posso far io?
CLOR.   Tutto potete.
             Nacque nel vostro tetto

Fiamma che m'arde il petto.
Quella che estinguer può sì dura pena,
È figlia vostra.

TIM.   E qual di lor?

CLOR.   La Lena.

TIM.   E sposarla vorresti?

CLOR.   Oh me felice,
Se sposarla poss'io!

TIM.   Mio caro Silvio,
Veggio che tu lo merti, e volentieri
Consolarti vorrei.
Ma non so ben chi sei. Venisti a offrirti
Per giardinier. Ti riconobbi in volto
Faccia di galantuom; perciò ti ho accolto.
Ma per darti una figlia,
Vedi che ciò non basta. Hai da far noto
Il paese, i parenti, e la cagione
Ch'errante peregrin ti feo finora;
E risposta miglior darotti allora.

Vivo anch'io coi miei sudori,
   Pover uomo sono anch'io;
   Ma, figliuolo, il sangue mio
   Non lo voglio strapazzar.
Tanto è il cuor del cittadino
   Quanto è quel del contadino.
   La natura a tutti è madre,
   Ed insegna al cuor d'un padre
   Sulla prole invigilar. (*parte*)

SCENA QUARTA

Ha ragione, ha ragione
Il provido Timone, ed io pavento,
Se il mio nome disvelo e il mio destino,
Ch'ei ricusi di darla a un cittadino.
Peggio poi, s'egli arriva
A penetrar che il padre
Sposo d'Erminia mi volea forzato,
E che d'un nodo ingrato
Per isfuggir la dura pena amara,
Vita m'elessi al genio mio più cara.
Ma ahimè! spietato Amore
Vendica i torti suoi. Qua dove io spero
Della mia libertà godere il bene,
Trovo al misero cor lacci e catene.

Barbaro, ingrato Amore,
Fiera, crudel tempesta,
Empio, nel cor mi desta,
Mi porta a naufragar.
Numi, a chi darò mai
Il cor, gli affetti miei?
Voi lo sapete, o dei,
Quel che poss'io sperar. (*parte*)

SCENA QUINTA

Atrio villereccio, che introduce al rustico albergo di Timone.

Lena *colla rocca, scacciando alcuni Villani.*

LENA   Via di qua, impertinenti.

Faticato ho finora a fare i gnocchi;

Se ne toccate un sol, vi cavo gli occhi.

E poi li ho numerati,

E so ben quanti sono.

Son ventiquattro mani:

Dodici mani dritte

E dodici mancine,

Che fan dieci dozzine;

E avrete a far con me, se li toccate,

E saranno roccate e bastonate. (*minacciandoli colla rocca, essi partono*)

Li ho fatti belli belli.

Saranno buoni buoni. (*filando, e parlando interpolatamente*)

Piaceranno a mio padre,

Piaceranno alla Ghitta.

Ciappo, poverino,

Che gli piacciono tanto!

Vorrei ne avesse tanti,

Vorrei li avesse tutti;

E darei, se potessi, al mio Ciappino

Anche il mio cor per un maccaroncino.

<h2 style="text-align:center">SCENA SESTA</h2>

GHITTA con un cesto, e la suddetta.

GHI. È venuto mio padre?

LENA No.

GHI. Sai nulla,
Che vi sien novità?

LENA No. Cosa è stato?

GHI. E' mi fu raccontato
Che uno, non so chi sia,
Ha domandato a nostro padre in sposa
Una di noi.

LENA Ih! cosa importa a me? (*filando*)

GHI. Tu se' la prima, e toccherebbe a te.

LENA Che cos'hai in quel cestino?

GHI. Le pera ed i finocchi.

LENA Io pur son brava, e ho preparato i gnocchi.

GHI. Ma di': tua intenzione
Non è di maritarti?

LENA Eh, m'hai stuccata. (*filando*)

GHI. Tu sei la prima nata;
Ma quando non v'inclini il tuo desio,
Se lo sposo mi vuol, lo piglio io.

LENA Vedrai che bei gnocchetti!
Paiono misurati col compasso.

GHI. Eppure i' mi credea
Che tu amassi Ciappino, e che...

LENA Hai tu altro
Da dirmi? Amo mio padre e mia sorella,
E la mia pecorella e il mio gattino...
Come mal pettinato è questo lino! (*arrabbiandosi pel cattivo lino*)

GHI. (Godo davver, davvero:
S'ella Ciappo non ama, averlo io spero). (*da sé*)
Dunque, per quel ch'io sento,
Se ci arriva un partito,

Tu me lo cederai.

LENA   Via. (*mostrando di annoiarsi*)

GHI.   Ch'io sia sposa

Non avrai dispiacer.

LENA   Sciocca! (*come sopra*)

GHI.   Lo dico

Perché dar si potrebbe

Che chiedesse talun le nozze mie...

LENA   Io non voglio sentir sguaiaterie. (*sdegnata*)

GHI.   Oh, non ti parlo più. Se la fortuna

Mandami un buon partito,

Se mio padre l'accorda, io mi marito.

Tu non sai amor che sia,

  E lo credi una pazzia.

  Ah, se un giorno in cor lo senti,

  Se tu provi i suoi contenti,

  Lo saprai, - mi dirai

  Se di meglio si può dar.

Ama pur la pecorella,

  Ama pure il tuo gattino.

  Io, sorella, un bel sposino

  Vuò cercarmi e voglio amar. (*parte*)

SCENA SETTIMA

LENA	Ami pure a sua voglia e si mariti:
	Bastami che il mio Ciappo
	Mi lascin stare. Anch'io
	Sento amor nel cor mio; ma non vo' dirlo.
	Eccolo l'idol mio. Vorrei fuggirlo. (*in atto di partire*)
CIA.	Lena. (*chiamandola*)
LENA	Che cosa vuoi? (*con ruvidezza*)
CIA.	Mi fuggi?
LENA	Io no.
CIA.	Fermati, non partir.
LENA	(Mi fermerò). (*da sé, sospirando senza guardare*)
CIA.	Guardami.
LENA	Ho da guardare
	Questo cattivo lino,
	Che mi fa disperar. (*filando violentemente*)
CIA.	Lascia per poco
	Di lavorare.
LENA	Oh certo!
	Vo' spogliar questa rocca,
	E dopo questa un'altra;
	E vo' far della tela,
	E vo' far le lenzuola e un grembial fino.
	(E vo' far due camicie al mio Ciappino). (*da sé*)
CIA.	Vuoi tu farti la dote?
LENA	Via. (*sdegnosetta*)
CIA.	La dote
	Il padre ti farà.
LENA	Sguaiato. (*come sopra*)
CIA.	È tempo
	Che pensi a maritarti.
LENA	Vattene via di qui. (*con sdegno*)
CIA.	Non adirarti.

	(È pur vergognosetta). (*da sé*)
LENA	(Caro il mio ben!) (*da sé*)
CIA.	(Che amabile grazietta!) (*accostandosi a lei*)
	Lena.
LENA	Lasciami star.
CIA.	Son fatti i gnocchi?
LENA	Sì, ma tu non li tocchi. (*filando*)
CIA.	A me non ne vuoi dar?
LENA	No.
CIA.	Ma perché?
LENA	Per mio padre li ho fatti, e non per te.
CIA.	Pazienza.
LENA	(Poverino!) (*da sé, guardando sott'occhio*)
CIA.	Tanto male mi vuoi?
LENA	Abbadare dovresti a' fatti tuoi.
CIA.	Dunque me n'anderò...
LENA	Va pur.
CIA.	Crudele!
LENA	(Non ha cor di lasciarmi). (*da sé*)
CIA.	(Ah non posso, non posso allontanarmi). (*da sé*)

SCENA OTTAVA

FIGNOLO *coll'archibuso e tasca carica d'uccelli, e detti.*

FIGN.	Ah, ah, bravi davvero!
	Chi vuol Ciappo trovar, si sa dov'è.
CIA.	(Maledetto costui!) Che importa a te?
LENA	Fignolo grazioso,
	Hai pigliato le quaglie? (*allegra, e lascia di filare*)
FIGN.	Sì, di quaglie,
	Ecco, la tasca ho piena.
	Ma intanto della Lena
	Quest'altro cacciatore
	Va civettando e trappolando il core.
LENA	Pazzo! lascia vedere. Oh, son pur grasse!
	Me ne darai a me?
FIGN.	Non sei padrona?
LENA	Ed io ti darò in cambio
	Due dozzine di gnocchi. E mangieremo
	Gnocchi, quaglie e prosciutto allegramente.
CIA.	Ed a Ciappo meschin?
LENA	Ed a te niente.
FIGN.	Eh, Ciappo è il prediletto.
	Ciappo avrà il bello e il buono.
CIA.	Eh, se' tu il caro, e lo sgraziato io sono.
FIGN.	(Fosse la verità!)
LENA	(Povero Ciappo!)
CIA.	Lena, cosa vuol dir che or non ti preme,
	Come pria ti premea, di lavorare?
LENA	Vo' far quel che mi pare. (*a Ciappo, sdegnosa*)
FIGN.	Sei tu che le comanda? (*a Ciappo, arditamente*)
CIA.	E tu, che cosa sei? (*a Fignolo*)
FIGN.	Son quel che sono, e comandar non dei.
CIA.	Se Lena qui non fosse,
	Ti darei la risposta a te dovuta.
FIGN.	Parla, s'hai cuor.

LENA   (Fignolo impertinente!) (*da sé*)

CIA.   Lena, per cagion tua...

LENA   Taci, insolente. (*a Ciappo*)

CIA.   A me così? (*alla Lena*)

LENA   Sì, a te.

FIGN.   Sì, a te, sguaiato,

Che fai l'innamorato

Con chi di te non se ne cura un frullo:

Della villa e di lei scherno e trastullo.

CIA.   (Più resister non so). (*da sé*)

LENA   (Fignolo ardito,

Me l'ho contro di te legata al dito). (*da sé*)

FIGN.   Tant'è, vi vuol pazienza:

Chi si vuol metter meco,

O è scimunito, o è cieco.

Vedi la grazia mia,

Vedi la leggiadria di quest'inchini.

Non cedo ai cittadini

In brillanti parole, in dolci amori.

Povero babuino, ascolta e mori.

Coricino, mio bel fegatello,

Mongibello - del foco d'amor. (*alla Lena*)

Ah che dici? che dice il tuo cor?

Senti meglio, ascoltami e impara. (*a Ciappo*)

Gioia bella, gioietta mia cara,

Prencipessa, regina, tiranna. (*alla Lena*)

Ah, lo veggo, la rabbia ti scanna. (*a Ciappo*)

Madamina, - monsieur che s'inchina

Vi protesta la fede e l'amor. (alla Lena)

Mori, crepa, ch'io rido di cor. (*a Ciappo, e parte*)

SCENA NONA

LENA *e* CIAPPO

CIA.	(Non m'arrabbio per lui, ma che la Lena
	Soffra quel disgraziato). (*da sé*)
LENA	(Che stolido, sgarbato!
	Non lo posso soffrire. Il mio Ciappino
	Ha tal grazia che pare un amorino). (*si rimette a filare*)
CIA.	Ed or torni a filar?
LENA	Torno a filare.
CIA.	Perché?
LENA	Perché... perché così mi pare.
CIA.	Perché non lo facesti
	Quando Fignolo v'era?
LENA	Oh, quest'è buona!
	Voglio fare a mio modo.
	Io son padrona.
CIA.	Eh, no; di' che ti piace
	Fignolo più di me.
LENA	Oh! (*filando fa segno di burlarsi*)
CIA.	Di' che l'ami.
LENA	Io non amo nessuno, io. (*filando*)
CIA.	Nessuno?
LENA	No, nessuno, nessuno.
CIA.	Di', Lenina,
	Non ti vuoi maritar?
LENA	No, vo' filare.
CIA.	Sempre, sempre filar?
LENA	Fin che mi pare.
CIA.	Guardami un po'.
LENA	Va via.
CIA.	Sentimi.
LENA	Via di qua.
CIA.	Lena mia, per pietà...
LENA	Lasciami stare.

CIA.   Che t'ho fatto, crudel?

LENA   Non mi toccare.

> Se ti piace di far lo sguaiato,
>> Lo puoi fare con questa o con quella,
>> Io non sono né ricca, né bella;
>> Io non sono ragazza per te.
> Voglio filare, - vo' lavorare;
>> E voglio fare - quel che mi pare,
>> Voglio pensare - solo per me.
>> (Se vedesse il mio core Ciappino,
>> Lo vedria che crudele non è). (*da sé*)
> Stimo più questa rocca di lino,
>> Che di Ciappo l'amore e la fé.
>> Non voglio amare, - mi vo' spassare,
>> Voglio cantare, - voglio ballare.
>> Lasciami stare, - non son per te. (*parte*)

<h1 style="text-align:center">SCENA DECIMA</h1>

Ciappo, poi la Ghitta

CIA.	Oh Ciappo sfortunato!
	Son bello e licenziato. Ma chi sa?
	Voglio ancora sperar. Vedute ancora
	Ho dell'altre fanciulle
	Che amano e ai loro amanti fanno il grugno,
	E dan lor qualche pugno,
	E dicono di no sino a quel punto:
	Poi dicon sì, quando il momento è giunto.
GHI.	L'hai saputa la nova?
CIA.	No; qual nova?
GHI.	Silvio ha chiesto a mio padre
	In isposa la Lena.
CIA.	Ah, son schernito.
	Della Lena il disprezzo ora ho capito.
	Perfida! lasciar me pel giardiniere?
	Per un che è forastiere,
	Che non si sa chi sia?
	Tuo sarà il danno, e la sfortuna è mia.
GHI.	Non sai tu chi è la Lena?
	È sciocca, e non conosce e non sa nulla.
	Io sì son tal fanciulla
	Che il merito distingue, e se Ciappino
	Mi volesse quel ben ch'ei volle a lei,
	Fortunata davver mi chiamerei.
CIA.	Ah, Ghitta mia, non posso.
GHI.	Perché?
CIA.	Perché ho donato
	Il mio povero core a un core ingrato.
GHI.	Eh, un don mal corrisposto
	Ripigliare si può liberamente,
	E poi farne presente
	A me, che lo terrò come un gioiello.

22

CIA.   Il mio povero cor non è più quello.

                  Era il mio core un dì
                    Come sull'alba è il fior.
                    Or non è più così:
                    L'ha strapazzato Amor.
                  Lacero, secco e nero,
                    Perso ha l'odor primiero,
                    Non è più fiore al tatto,
                    Arida paglia è fatto;
                    Non è più fior per te.
                    Non v'è più core in me. (*parte*)

SCENA UNDICESIMA

Ghitta, poi Erminia

GHI.   Poverino! delira. A me dia pure

Questo fior rovinato,

Questo cor strapazzato.

M'impegno, quando ancor fosse così,

Farlo bello tornar com'era un dì.

Chi è questa che ora viene?

Contadina non par, benché vestita

In villereccio arnese.

Ella certo non è del mio paese.

ERM.   Pastorelle, felici voi siete,

Che godete - la pace del cor.

Fra quest'ombre di gioia ripiene,

Le catene - son dolci d'amor.

GHI.   (Canta e parla da sé, come una pazza). (*da sé*)

ERM.   Addio, bella ragazza.

GHI.   Vi saluto.

Che volete da noi?

ERM.   Domando aiuto.

GHI.   Oh, mio padre, sorella,

Femmine a lavorar non prende mai;

E in casa egli ha de' mangiapani assai.

ERM.   Né perciò mi esibisco,

Né adattare saprei mano inesperta

A rustici lavori. Io sol vi chiedo

Per la notte vicina asilo e tetto.

GHI.   Oh, a chi non conosciam, non diam ricetto.

ERM.   Chi son io vi dirò.

GHI.   Bene; aspettate.

Se c'è in casa mio padre

O alcun della famiglia,

Subito a voi lo mando.

(Io ci scommetterei ch'è un contrabbando). (*parte*)

25

SCENA DODICESIMA

Erminia, *poi* Timone

ERM.	Ah, s'egli è ver l'annunzio
	Che Clorideo spietato
	Siasi qui ricovrato,
	Vo' che ragion mi renda
	Del ruvido dispregio
	Con cui mi abbandonò.
	Chi 'l crederebbe?
	M'insultò, mi schernì, sprezzommi ognora;
	Io lo seguo, e lo cerco, e l'amo ancora.
TIM.	Siete voi che domanda
	Ricovro in questo tetto?
ERM.	Sì, per pietà vel chiedo.
TIM.	(Villereccia non parmi, a quel ch'io vedo). (*da sé*)
	Pria che albergo v'accordi,
	Conoscervi degg'io.
ERM.	Erminia è il nome mio:
	Figlia d'onesto padre il cui affetto
	Sposo grato al cuor mio mi aveva eletto.
	Ma il crudele, inumano,
	Sia che amore abborrisca, o che gli spiaccia
	L'infelice mio volto,
	Fuggì ramingo in rozzi panni avvolto.
	Deh, se fra voi s'asconde,
	Ditelo per pietà.
TIM.	Come s'appella?
ERM.	Clorideo.
TIM.	Non intesi
	Tal nome a' giorni miei. Stranier qui venne
	Giovane, è ver, che l'orticel coltiva,
	Ma il nome suo mi è noto:
	Silvio si chiama, e Clorideo m'è ignoto.
ERM.	Nome potria mentir.

TIM.   Sì, potria darsi.

Ma io non voglio impicci.

Ho due fanciulle in casa:

Scandali non ne voglio in casa mia.

Compatite, scusate, e andate via.

ERM.   Deh, amabil vecchiarello,

Per la bontà di cuore

Che nel ciglio il rigor vi desta invano,

Siate meco cortese, e siate umano.

TIM.   Eh figlia mia, le dolci paroline

Meco non son più a tempo. Il cuore un giorno

A me pur, giovanetto, in sen brillava.

Passato è il tempo che Berta filava.

Se venuta foste un dì,

Nel bollor di gioventù,

V'avrei detto: state qui.

Ora il grillo non c'è più.

Sono vecchio e sgangherato,

Non fo più l'innamorato.

(Ah, con tutti i mali miei

Non vorrei - precipitar). (*parte*)

SCENA TREDICESIMA

No, non v'è più per me speranza alcuna.

Nemica ho la fortuna:

Congiura al mio dolore

Il cielo, il mondo e il faretrato Amore.

Andrò fra boschi e selve,

Andrò fra crude belve,

(Ah, non so ben se disperata o forte)

Il rimedio a cercar fra stragi e morte.

Ma di un perfido core

Belva non vi è peggiore.

Deh! se pel mio sembiante

Concepisti tant'odio e tanta pena,

Barbaro Clorideo, vieni, e mi svena.

    Ma che ti feci, ingrato,

      Barbaro cor spietato?

      Ah, che mi sento in core

      Dirmi, sdegnato, Amore:

      «Tanti schernisti e tanti

      Teneri fidi amanti:

      Pena, delira ancor ».

      Vendicator - crudele,

      Svena la tua fedele,

      Trammi dal seno il cor. (*parte*)

SCENA QUATTORDICESIMA

Stanza rustica interna dell'albergo di Timone, col focolare e foco acceso, sopra di cui vedesi la caldaia per cuocere i gnocchi; da un lato tavola per la cena, con sedie ed altri apprestamenti per la medesima.

TIMONE *a sedere presso la tavola.* LENA, *che bada a cuocere i gnocchi.*

GHITTA *a sedere da un altro lato, che monda i finocchi.*

CIAPPO, *che cava il vino e prepara le ciotole per bere.*

FIGNOLO, *che ammannisce l'occorrente per la tavola.*

TIM.	Silvio non si è veduto?
GHI.	Non ancora.
TIM.	(Affé, non vedo l'ora
	Di vederlo, e sentir che imbroglio è questo.
	Sarebbe un bel birbante
	Se richiesta mi avesse la figliuola,
	E con altra costui fosse in parola). (*da sé*)
	Badate se 'l vedete.
CIA.	Eh, verrà; non temete. (*portando vino in tavola*)
	Non vi mettete in pena.
	Silvio verrà per consolar la Lena.
LENA	Cosa parli di me? (*venendo dal foco colla mestola in mano*)
CIA.	Nulla; diceva
	Che sarai consolata.
LENA	Essere io non voglio corbellata.
	(*torna verso il focolare, e si ferma alla metà della stanza*)
CIA.	(Eh, son io il corbellato).
GHI.	Ciappo, vieni.
	Vien da me, poverino.
CIA.	Sì, tu almeno
	Sei più schietta di lei. (*alla Ghitta*)
LENA	Cosa dite fra voi de' fatti miei? (*avanzandosi*)
CIA.	Nulla.
TIM.	Via, bada a te.
	Bada a cuocere i gnocchi. (*alla Lena*)
LENA	(Per mia fé,

29

Ghitta l'ha ognor con me.

Mi perseguita sempre, e quel birbone

Sempre le dà ragione). Via di là. (*a Ciappo*)

GHI.   Non le badar, Ciappino.

CIA.   I' vo' star qua. (*alla Lena*)

LENA   (Proprio mi viene la saetta). (*arrabbiandosi*)

FIGN.   Lena,

Bada a me, non a lui. (*piano alla Lena*)

LENA   Lasciami stare. (*a Fignolo*)

FIGN.   (Non lo vedi, che a Ghitta ei porta amore?) (*come sopra*)

LENA   Che importa a me? (Oh Ciappo traditore!) (*da sé*)

TIM.   Che si fa? non si cena?

A chi dich'io? Tu, Lena,

Fa che sien lesti i gnocchi.

Tu monda i tuoi finocchi. (*alla Ghitta*)

Prendi tu, Ciappo, il pan della dispensa.

Fignolo ad ammannir venga la mensa. (*ciascheduno fa la sua incombenza*)

Quando l'ora è della cena,

  Aspettar mi reca pena.

  È de' vecchi il sol diletto

  Star in letto, - e masticar.

FIGN.   Qua il padrone, e qua la Lena; (*mettendo le salviette*)

E quest'altro è il posto mio.

CIA.   Signor no, ci vo' star io.

GHI.   Tu hai da star vicino a me. (*a Ciappo, alzandosi*)

LENA   State pur dove vi aggrada,

A me so che non si bada.

Date qui la mia salvietta, (*prende la salvietta e si ritira*)

Che soletta - io mangierò.

TIM.   Vien qui, Lena. Dove vai?

FIGN.   Cosa è stato?

CIA.   Che cos'hai?

GHI.   Non badate a quella pazza.

LENA   Ciascheduno mi strapazza,

Non mi ponno più veder. (*piangendo*)

TIM.	Figlia mia.
LENA	Mi crepa il core.
CIA.	Lena bella. (*con tenerezza*)
LENA	Traditore. (*a Ciappo*)
TIM.	Traditor? Perché l'hai detto?
	Ah, se a Ciappo porti affetto,
	Dillo al padre, o figlia mia.
LENA	Vado via, non posso star.
TIM.	Di' se l'ami. (*trattenendola*)
LENA	Messer no. (*a Timone*)
TIM.	Vuoi tu Silvio? (*alla Lena*)
LENA	Non lo vo'.
CIA.	E il tuo Ciappo? (*alla Lena*)
LENA	Taci un po'. (*a Ciappo*)
FIGN.	Se un famiglio non vi spiace,
	Io la Lena prenderò. (*a Timone*)
GHI.	Caro padre, se vi piace,
	Io Ciappino sposerò.
LENA	Ah, mi sento venir meno;
	Ah, mi manca il cor nel seno.
	Più resistere non so. (*sviene*)
TIM.	Acqua fresca; presto, presto.
CIA.	Son qua pronto. (*prende l'acqua dalla tavola*)
FIGN.	Son qua lesto.
GHI.	(Il suo mal conosco e so). (*da sé*)
TIM.	Mi dispiace della Lena,
	Mi dispiace della cena,
	Che risolvere non so.
LENA	Dove sono? Voi chi siete? (*rinviene*)
TIM.	Son tuo padre.
CIA.	Son Ciappino.
LENA	Ti conosco, malandrino,
	Sei un lupo, che le agnelle
	Meschinelle - vuoi rapir. (*a Ciappo*)
TIM.	Ahi, delira.
CIA.	Poverina!

FIGN.	Via, Lenina.
GHI.	Sorellina. (*scherzando*)
LENA	Lupi, cani, quanti siete,
	Mi volete - divorar.

TUTTI, *fuor che la* LENA

Presto, presto, la ragazza
Perde il senno, divien pazza.

TIM.	Sangue, sangue.
GHI.	Corda, corda.

TUTTI

Presto a letto, poverina,
Conduciamola di là;
È una buona medicina
Dal suo mal la guarirà.

LENA	No, non voglio. Via di qua.

ATTO SECONDO

SCENA PRIMA

Atrio villereccio, che introduce all'albergo rustico di Timone.

CLORIDEO *e* FIGNOLO

CLOR.	Come! Non mi è permesso
	Penetrar nell'albergo?
FIGN.	No, ti dico:
	Non ti vuole il padrone.
CLOR.	Non mi vuole il padron? Per qual ragione?
FIGN.	Perché avesti l'ardire
	Di chiedergli la Lena, e v'è chi dice
	Che hai con altra ragazza un primo impegno.
	Va, pria ch'egli abbia ad adoprare un legno.
CLOR.	E crederà il padrone
	Alle menzogne altrui? Senza ascoltarmi,
	Ardirà di scacciarmi?
FIGN.	Ad ascoltarti
	Verrà quando tu vuoi:
	Ma là dentro frattanto entrar non puoi.
CLOR.	(Misero me!) La Lena,
	Dimmi, sa ch'io la chiesi?
FIGN.	Sì, pur troppo
	La nuova l'ha saputa,
	E pianse, ed è svenuta;
	Ed or, per tua cagione,
	Quasi quasi smarrita ha la ragione.
CLOR.	Per me?
FIGN.	Per te, sguaiato,
	Che da casa del diavolo,
	Prosontuoso, audace,

Sei venuto a sturbar la nostra pace.

CLOR.   Ah, sei tu della Lena

Il fortunato riamato amante?

FIGN.   Lo sono, e non lo sono,

E tu saper nol dei. Per or ti basti

Saper che colà dentro

Luogo non vi è per te;

E, se ci vieni, avrai che far con me.

Mi conosci? Sai chi sono?

Se nol sai, te lo dirò.

Io non burlo, ma bastono;

E provar te lo farò.

Han provato le mie mani

Più pastori e più villani,

E il mio guardo furibondo

Tutto il mondo - fa tremar. (*parte*)

SCENA SECONDA

CLORIDEO, *poi la* GHITTA

CLOR.	Non temo dell'audace
	Né l'amor, né l'orgoglio; ah, mi spaventa
	Di Timone lo sdegno, e non intendo
	Della Lena il furor donde sia nato,
	Né qual creder mi possa altrui legato.
GHI.	Vieni, Silvio, che fai?
CLOR.	Ch'io venga? e dove?
GHI.	Vieni a veder la Lena
	Afflitta, addolorata.
	Ora è in sé ritornata,
	Ma faceva pietà.
CLOR.	Da che mai venne
	Quel rio dolor che ha il suo bel core oppresso?
GHI.	Che derivi, cred'io, sol da te stesso.
CLOR.	Mi ama dunque la Lena?
GHI.	Sì, ti adora;
	E tu non vieni ancora? (Avrei piacere
	Che Ciappo, ingelosito,
	Sempre più si sdegnasse,
	E il pensier della Lena abbandonasse). (*da sé*)
CLOR.	Io verrei volentier, ma l'insolente
	Fignolo prepotente
	Testé mi disse, minaccioso, altero,
	Che Timone me 'l vieta.
GHI.	Eh, non è vero.
	Sai che ti ama mio padre, e sai che tutti
	Ti vediam volentieri, e mia sorella
	Forse più di nessuno.
	Vien qui, vien meco, e non temer d'alcuno. (*lo prende per la mano*)
CLOR.	Vengo. Aiutami, o ciel!
GHI.	Sì, fatti cuore. (*s'incamminano*)

SCENA TERZA

Erminia e *detti*.

ERM.	Fermati, disumano e traditore. (*a Clorideo, arrestandolo*)
CLOR.	Ahimè!
GHI.	Che imbroglio è questo?
CLOR.	A che mi vieni, o Erminia,
	Importuna a insultar? Sai che mi spiaci,
	Sai che ti fuggo, e che il cuor mio non ti ama.
GHI.	(Parlar schietto davver questo si chiama). (*da sé*)
ERM.	Dimmi almeno il perché. Di' s'io ti sembro
	Sì abborrevole oggetto, e qual ti spiaccia
	Difetto in me; qual di natura ingrata
	Infelice cagion rendami odiosa
	Ai tuoi lumi, al tuo cor. Priva qual sono
	Di beltà, di virtù, non arser pochi
	Finora al sguardo mio. Cruda e severa
	Fui con mille amatori, io tel protesto;
	Amai te solo, e il mio delitto è questo.
GHI.	(Non saria il primo caso che da cento
	Fosse una donna amata,
	E da quel che vorria, fosse sprezzata). (*da sé*)
CLOR.	Io non insulto, o Erminia,
	I pregi tuoi. Quello che in te mi spiace
	È il tuo grado e il tuo stato: amante io sono
	Di lieta libertà; sfuggo, abborrisco
	Di pomposa città la gara, il fasto,
	L'alterigia, il rumor. Sin dall'infanzia
	Avvezzo i' fui fra solitari alberghi,
	Fra innocenti pastor goder la pace.
	Torno alle selve, e tu lo soffri in pace.

Lasciami in pace, o bella,

Non domandarmi amor.

Pena risento al cor;

Barbara cruda stella
Regge gli affetti miei.
Veggo che amabil sei,
Ma non ti posso amar.
No, non chiamarmi ingrato;
Lagnati sol del fato.
Credimi: son costretto
Affetto - a te negar. (*entra in casa di Timone*)

<h1 align="center">SCENA QUARTA</h1>

ERMINIA e la GHITTA

GHI. (E intanto il pover uomo,

Senza ch'io l'introduca e che io lo scorti,

Va là dentro a cercar chi lo conforti). (*in atto di partire*)

ERM. Amica. (*chiamandola*)

GHI.   Che volete?

ERM. Deh, se pietosa siete

Quanto vaga e gentil, ditemi almeno

S'egli d'altra beltà ferito ha il seno.

GHI. Bugie non ne so dire, e poi è meglio

Perdere ogni speranza,

E acchetarsi e cercare altro partito.

Sì, da un'altra bellezza ha il sen ferito.

ERM. E chi è questa?

GHI.   La Lena,

Mia sorella maggiore.

ERM.   Oh stelle! È bella?

È vezzosa? È gentile?

GHI.   È mia sorella.

Io, per dirla com'è, sono di lei

Un po' più spiritosa:

Ma circa alla beltà, noi siamo lì:

Vezzosette ambedue così e così.

ERM. (Ardo di gelosia). Quel disumano

Dove andato or sarà?

GHI.   Cara figliuola,

Io vi consiglio a superar la pena.

Ei sarà andato a ritrovar la Lena.

ERM. No, tollerar non posso

Preferita vedermi una vil donna.

Proverà i sdegni miei. (*s'incammina verso la casa*)

GHI.   Fermate. (*la trattiene*)

ERM.   Invano

38

Trattenermi tu vuoi. (*come sopra*)

GHI.   Qui comandiamo noi. (*come sopra*)

ERM.   Vo' vendicarmi. (*come sopra*)

SCENA QUINTA

Timone, *scacciando* Clorideo, *e le suddette.*

TIM.	Fuori, fuori di qui. (*a Clorideo*)
CLOR.	Perché scacciarmi? (*a Timone*)
TIM.	Perché più non ti voglio.
ERM.	(Ah, mi vendica il cielo).
GHI.	Un altro imbroglio.
CLOR.	Che vi ho fatto, signor? (*a Timone*)
TIM.	Che vuol costei
	Che vien qui tutto il giorno,
	Alle mie terre e alla mia casa intorno?
CLOR.	Ah perfida, tu sei
	Cagion de' scorni miei. Giubila e ridi:
	Ma t'inganni, crudel, se in me confidi. (*parte*)

SCENA SESTA

Erminia, Timone *e la* Ghitta

TIM.	E voi, se avete seco
	Qualche cosa a ridire, andar potete.
ERM.	Voi usate a trattar da quel che siete. (*con disprezzo*)
GHI.	Che vorreste voi dir? (*ad Erminia, con sdegno*)
ERM.	Gente villana,
	Indiscreta, incivile e disumana.
TIM.	Andate via.
GHI.	Signora graziosina,
	Se siete cittadina,
	State da quel che siete, e non andate
	Gli amanti a ricercar di qua e di là,
	Ed a chiedere amor per carità.

Mi fanno ridere le cittadine
Quando disprezzano le contadine.
Che cosa siete di più di noi?
Abbiamo quello che avete voi.
Abbiamo gli occhi, la bocca e il naso;
E tutto quello che vien dal caso
Non vi dà merito, non è virtù.
Si stima assai più
Chi ha grazia e beltà.
E tanto in città
Che in villa, si danno
Bellezze che fanno
Gli amanti cascar.
Signora - dottora,
Lasciateci star. (*parte*)

SCENA SETTIMA

ERMINIA *e* TIMONE

ERM.   Gente male educata
        Non può meglio parlar.

TIM.   Mi maraviglio
        Che pensiate così. Fra noi, gli è vero,
        Coll'arte e cogli studi
        Mascherar la virtù non si procura,
        Ma la semplice amiam schietta natura.
        Noi colle cerimonie
        Non sappiamo adular. Da noi non s'usa
        Dar col labbro il buon giorno, e poi col cuore
        Trista notte augurar; giurare affetto,
        E covare nel sen l'odio e il dispetto.
        Noi siam genti villane,
        Ma al pan diciamo pane.
        E siam genti onorate,
        E i' son padrone, e posso dirvi: andate.

ERM.   Sì, me n'andrò, ma forse
        Vi pentirete un dì
        D'aver meco così trattato a torto,
        Poiché l'onte e gl'insulti io non sopporto.

TIM.   Oh, questa sì ch'è bella.
        Ho a tollerar l'intrico?...

ERM.   Basta così, vi dico:
         Non replicate ancor.
         Se m'avvilisce amor,
         L'onte soffrir non voglio.
         Quell'indiscreto orgoglio,
         No, tollerar non so.
        Tremi quel core audace,
         Che ha l'ire mie destate.
         Perfidi, voi tremate.
         Sì, vendicarmi io vo'. (*parte*)

SCENA OTTAVA

Timone, *poi* Fignolo

TIM.	Ih ih! vuol mover guerra
	Agli astri ed alla terra. Eh sì, mi fido.
	Di una donna al furor non tremo, io rido.
	Spiacemi della Lena
	Ch'è ancor sì travagliata
	E pare innamorata,
	E di chi non capisco, e dir nol vuole;
	E mi fanno tremar le sue parole.
FIGN.	Padron, sapete nulla
	Dove sia la fanciulla?
TIM.	Chi?
FIGN.	La Lena.
	Dagli occhi ci è sparita,
	E nessuno sa dir dove sia ita.
TIM.	Povero me! cercatela.
	Guardate nel giardino,
	Nell'orto e nei vigneti
	E nel vial degli abeti.
	Ah, si vuol rovinar così ammalata.
	Ditele che non faccia la sguaiata.
FIGN.	Si, sì, glielo dirò. (Ma la conosco:
	Caparbia è per natura.
	Che trovar non si lasci ho gran paura). (*da sé, e parte*)
TIM.	Padri, poveri padri! Abbiam nei figli
	Brevissimi contenti e lunghi guai,
	E un dì di bene non ci lascian mai.

Quando sono tenerelli,
  Cento cure e cento mali.
  Quando sono grandicelli,
  O son sciocchi o son bestiali;

E si strilla e si contende,

E la madre li difende.

Oh che spine in mezzo al cor!

E se arrivano in età,

Che piacere a noi si dà?

Se son maschi, mille vizi,

Se son donne, precipizi.

Ah, chi figlio alcun non ha,

È felice, e non lo sa. (*parte*)

SCENA NONA

Ruine d'antichi acquedotti.

45

CIAPPO *e due Contadini.*

Lena, Lena, ah dove sei?
  Sei fuggita, ma perché?
  Ti nascondi agli occhi miei?
  Torna al padre, e torna a me.

Oimè, che in un momento
Ci è sparita dagli occhi.
Smania il povero padre,
La germana la cerca, ed io, meschino,
Il mio bel coricino
Per piani e monti rintracciar mi provo;
Corro, salgo, discendo, e non la trovo.
Deh per pietade, amici,
A ricercarla andate:
A me la vita e al genitor recate. (*Partono i due Contadini*)

  Dove sei, mio bel tesoro?
    Perché mai da me fuggir?
    Questo sol dai numi imploro:
    Rivederti, e poi morir. (*parte*)

SCENA DECIMA

La LENA *sola.*

Dove vado? Io non lo so.
  Tiro innanzi, o resto qui?
  Di paura morirò,
  Se tramonta il chiaro dì.

Oimè, che cosa ho fatto?
Per rabbia e per dispetto
Troppo m'allontanai dal nostro tetto.
Che diran, che faranno
Il povero mio padre e mia sorella,
E Ciappo, e i miei parenti?
Eh sì, saran contenti.
Mio padre avrà finito
D'obbligarmi a parlare e di adirarsi,
E di dirmi ostinata.
La Ghitta innamorata,
Or ch'io più non ci sono, avrà il suo intento,
E Ciappo traditor sarà contento.
No, a casa più non torno.
S'approssima la notte,
Ed avrei delle grida e delle botte.
Ma povera figliuola,
Che farò mai qui sola? Ahimè, pavento
Fra quegli ermi dirupi
Biscie, rospi, serpenti e corbi e lupi.

  Ah mi pare... di sentire...
    Ah mi sento... il cor tremare...
    Veggo un'ombra... brutta brutta...
    Sudo tutta... - sento gente...
    Che sian ladri? Oh me meschina,
    Poverina! - che sarà?

Zitto, zitto, vien di qui
Una bella - villanella:
Mi consola, - non son sola;
Qualche aiuto mi darà.

<h1 style="text-align:center">SCENA UNDICESIMA</h1>

ERMINIA e la suddetta.

ERM.	(Ah, rinvenir non posso
	Il crudel che mi fugge). (*da sé*)
LENA	(È ben vestita,
	È sola; e facilmente
	Sarà l'albergo suo poco lontano.
	Qualche aiuto da lei non spero invano). (*da sé*)
ERM.	(Chi è costei che mi guata, e par tremante?)
LENA	(Ah, coraggio non ho).
ERM.	Dimmi, vedesti
	Alcun passar per questa via?
LENA	Nessuno. (*tremante*)
ERM.	Tremi? Non lo vuoi dir?
LENA	Non vidi alcuno. (*come sopra*)
ERM.	Ma che hai? Che paventi?
LENA	Nulla, nulla. (*come sopra*)
ERM.	Palesami, fanciulla,
	Quel che nascondi in cuore.
LENA	Piena son di vergogna e di timore.
ERM.	Perché?
LENA	Perché fuggita
	Sono di casa mia,
	Né so dove mi vada, o dove sia.
ERM.	Perché fuggir?
LENA	Lasciate
	Ch'io mi ristori un poco.
	Vi dirò in altro loco
	Tutto quel ch'è accaduto.
	Vi domando, per or, soccorso, aiuto.
ERM.	Ma che farti poss'io? Son forastiera,
	Lungi è la casa mia.
LENA	Conducetemi vosco in compagnia.
ERM.	Dimmi prima chi sei.

48

LENA	Lena son io.
	Timone è il padre mio, detto il badiale.
ERM.	(Ah, giunta è in mio poter la mia rivale). (*da sé*)
LENA	Pietà, pietà di me.
ERM.	Che sì, che amore
	È cagion del tuo duolo?
LENA	Ah, non mi fate
	Arrossir d'avvantaggio.
ERM.	(In traccia andrà di Clorideo selvaggio). (*da sé*)
LENA	Posso da voi sperar?
ERM.	Sai tu chi sono?
LENA	Non v'ho veduta mai.
ERM.	Son io, se tu nol sai,
	Sposa tradita di colui che adori,
	E tu sei la cagion de' miei martori.
LENA	(Ah Ciappo traditore!
	Va con tutte le donne a far l'amore). (*da sé*)
ERM.	A me chiedi pietà? Perfida, il tempo
	Di vendicar i torti
	Dell'amor mio sopra di te è venuto.
	No, non mi fuggirai.
LENA	Aiuto, aiuto.

SCENA DODICESIMA

50

CIA.	Eccomi in tuo soccorso:
	Alfin ti ho ritrovata. (*alla Lena*)
	Che vi fece di mal la sventurata? (*ad Erminia*)
ERM.	Di Clorideo l'indegna
	Amante, a me rival, di lui va in traccia.
LENA	No, non è vero, e ve lo dico in faccia.
	(Non mi fa più paura). (*da sé*)
ERM.	Ah mentitrice!
	Non dicesti poc'anzi
	Che per amor fuggisti?
	E chi è l'amante,
	Se non è Clorideo?
LENA	Non so di Clorideo,
	Né Babeo, né Sicheo, né Melibeo;
	Non so che vi diciate,
	E lasciatemi star: non mi seccate.
ERM.	Hai ragion, disgraziata,
	Che difesa ora sei; ma verrà il giorno,
	Sì, verrà il dì, m'impegno,
	Che vendetta farà teco il mio sdegno. (*parte*)

<h1 align="center">SCENA TREDICESIMA</h1>

LENA, CIAPPO e i due Villani.

CIA.	Lena, amor mio.
LENA	Va via.
CIA.	Mi scacci ancora?
LENA	Non ti posso vedere.
CIA.	In grazia almeno
	D'averti liberata,
	Usami carità, mostrati grata.
LENA	(Certo, s'egli non era,
	Sarei, meschina, o strapazzata, o morta). (*da sé*)
CIA.	Non gradisci il mio amor?
LENA	Non me n'importa.
CIA.	Pazienza. Torna almeno
	L'afflitto padre a consolar; meschino
	Ei piange, poverino, e si dispera.
LENA	(Povero padre mio!) (*da sé*)
CIA.	Vieni, carina;
	Via, non mi far morire.
LENA	Teco non vo' venire.
CIA.	Perché, colonna mia?
LENA	Non vo' dare alla Ghitta gelosia.
CIA.	Credimi, te lo giuro,
	Di lei nulla mi curo.
	Quel che ho fatto,
	L'ho fatto per vendetta.
	Sei tu la mia diletta;
	Il tuo fedele io sono.
	Se ti offesi, mio ben, chiedo perdono. (*s'inginocchia*)
LENA	(Ah, non posso resistere;
	Piangere son forzata). (*piange*)
CIA.	Ah, tu piangi, ben mio? Sei tu placata? (*s'alza*)
LENA	No.
CIA.	Che brami di più?

LENA   Giura che mai
Ghitta non amerai.

CIA.   Lo giuro al cielo.

LENA   (Or contenta son io). (*da sé*)

CIA.   Ma dimmi, o cara,
Se mi amasti finor, se mi amerai.

LENA   Non lo dissi, nol dico, e nol saprai.

CIA.   Misero me! Pazienza! Almen ritorna
Meco al paterno albergo.

LENA   Oh, questo no.

CIA.   Vuoi qui sola restar?

LENA   Teco non vo'.

CIA.   Ah, se meco non vuoi, deh lascia almeno
Ti accompagnino questi
Giovani saggi, onesti.

LENA   Sì; con essi
A casa tornerò, perché mio padre
Più non provi per me pena e cordoglio;
Ma tu stammi lontan, ch'io non ti voglio.

      Se hai piacer di darmi gusto,
        Mai d'amor non mi parlar.
        Ma non fare il bellimbusto,
        Non andare a civettar.
      Non parlar con mia sorella,
        Né mi dir ch'io son gelosa;
        Non mi dir ch'io sono bella,
        Né mi dir ch'io son vezzosa;
        E a mio padre per isposa
        Non mi stare a domandar.
      Sei capace? Ti dispiace?
        Se farai sempre così,
        Forse un dì dirò di sì;
        Ma per ora non lo so,
        Voglio dire ancor di no. (*parte*)

SCENA QUATTORDICESIMA

Ciappo *solo.*

53

Siamo sempre da capo, e sempre peggio.

S'io parlo, ella s'adira; e se non parlo,

E se al padre in isposa io non la chiedo,

Altra via per averla, ahimè, non vedo.

Seco non mi ha voluto:

Sarà per ritrosia.

Ma io, per altra via,

Vo' al padre anticipar la nuova grata

Che la cara sua figlia è ritrovata.

    La Lenina - mia carina

      Sempre cruda non sarà.

      Quel bocchino - graziosino

      Forse un sì risponderà.

    Vergognosa, - schizzinosa,

      Far l'amore ancor non sa:

      Ma la bella - villanella

      Far l'amore imparerà. (*parte*)

SCENA QUINDICESIMA

Atrio, che conduce all'albergo rustico di Timone.

54

TIMONE, *poi la* GHITTA, *poi* FIGNOLO

TIM.	Povero padre! Povera figlia!
	Chi mi soccorre? Chi mi consiglia?
	Solo col pianto sfogo il tormento.
	Ah, che mi sento - frangere il cor.
GHI.	Ah, ch'è smarrita la sorellina.
	Dov'è fuggita la poverina?
	Ah, che mi dolgo con più ragione,
	S'io fui cagione - del suo dolor.
FIGN.	Ah, che la Lena più non si trova.
	Chiamar non serve, cercar non giova.
	Il sole è smorto, la sera imbruna,
	E nuova alcuna - non s'ebbe ancor.

SCENA SEDICESIMA

CIAPPO *e i suddetti, e poi la* LENA

CIA.	Allegri, non piangete:
	La Lena è ritrovata.
TIM.	Dove?
GHI.	Come?
FIGN.	Dov'è?
CIA.	Tutto saprete.
GHI.	Oh sorella!
FIGN.	Oh Lenina!
TIM.	Oh sangue mio!
CIA.	Consolatevi pur, che godo anch'io.
TIM.	Ma dov'è?
CIA.	Poverina!
	Trema, piange e cammina.
	Teme d'esser sgridata,
	D'esser rimproverata.
	Timida è per natura:
	Teme il padre sdegnato, ed ha paura.
TIM.	No, no, dille che venga,
	Che non abbia timor. La sua venuta
	Tanto mi ha consolato,
	Che il sofferto dolor mi son scordato.
	No, non le griderò. Voi avvertite
	A non darle spiacer. Cari figliuoli,
	Fate che si consoli. - Allegri in viso
	Accoglietela tutti. Oh, che giornata
	Per me felice è questa!
	Giubilate, figliuoli, e facciam festa.

> Ah, mi sento - un tal contento
> Che col labbro non so dir.
> Tal figliuola - mi consola,
> E mi fa ringiovenir.

FIGN.   Ah, nel petto - ho un tal diletto

                                  Che non vaglio ad ispiegar.

                                  La Lenina, - poverina,

                                  Mi fa tutto giubilar.

GHI.   Quel piacere - ch'ho d'avere

                                  Nel vederla, dir non so.

                                  La sorella, - poverella,

                                  Con amore abbraccierò.

CIA.   Fortunato - sono stato

                                  Nel poterla rinvenir;

                                  L'ho cercata, - l'ho trovata,

                                  Ma dì più non posso dir.

TUTTI

                   Vieni, o cara, vieni, o bella,

                                  Le nostr'alme a consolar.

                                  Benedetta quella stella

                                  Che ci vuol felicitar.

LENA   Caro padre, perdonate.

                                  Perdonate, sorellina.

                                  Compatite una meschina,

                                  Ve lo chiedo in carità.

TIM.   Vieni, o cara.

LENA   Questa mano,

                                  Deh, lasciatevi baciar.

TIM.   Ah, m'è forza lacrimar.

LENA   Un abbraccio stretto stretto. (*alla Ghitta*)

GHI.   Oh che gioia, oh che diletto! (*si abbracciano*)

FIGN.   Mi consolo, o Lena amata.

LENA   Fignolino, ti son grata.

CIA.   A me nulla?

LENA   Nulla a te. (*con tenerezza*)

CIA.   Ah crudele! ma perché?

TIM.   Non si piange e non si grida.

                                  Che si goda e che si rida,

56

E la cena si ha da far.

LENA   Ah, mi par di respirar.

TUTTI

Bel piacere, bel diletto,
  È il dolor che punse il petto
  Tutto in giubilo cangiar.
  Fortunati, - consolati,
  Ci anderemo a sollazzar.

ATTO TERZO

SCENA PRIMA

Atrio, che introduce all'albergo di Timone.

Notte.

Clorideo *solo.*

Notte, funesta notte! Oppresso e vinto

Da mille affanni e mille,

Dall'amore prodotti e dal dispetto,

Mi privi ancor di poca paglia e un tetto?

Barbara, disdegnosa Erminia audace,

Se più ardissi affacciarti agli occhi miei,

Perfida, non so ben quel ch'io farei.

Questo del caro albergo,

Questo è l'atrio felice.

Stelle! se non mi lice

Le soglie penetrar, soffrasi almeno

Ch'ei mi vaglia a coprir dal ciel sereno. (*trova il sedile, e vi si adagia sopra*)

<h1 style="text-align:center">SCENA SECONDA</h1>

ERMINIA ed il suddetto.

ERM.   Ah destino inumano!

Cerco, ricerco invano

Da' villici indiscreti

Chi m'accolga pietoso e chi m'aiuti;

Non riscuote il pregar ch'onte e rifiuti.

Questo è l'albergo indegno,

Fonte ria del mio sdegno.

Quivi son io forzata,

Fin che in dolce sopor ciascun riposa,

Passar l'umida notte all'aure ascosa.

Barbaro Clorideo, per tua cagione

Soffro sì dure pene... (*va cercando da sedere, e ritrova un sasso*)

Ecco un aspro sedil. Soffrir conviene. (*siede*)

Stelle ingrate ai cuori amanti,

Quando fine avranno i pianti?

Quando pace avrà il mio cor?

CLOR.   Crudo fato, avversa sorte!

Dammi pace, o dammi morte,

Ché inumano è il tuo rigor.

ERM.   Parmi di sentir gente.

CLOR.   Ahimè, qualcuno io sento.

ERM.   Ah, mi palpita il cor.

CLOR.   Tremo e pavento.

ERM.   Meglio fia assicurarmi. (*s'alza*)

CLOR.   Ah, non m'inganno. (*veggendo moversi Erminia, s'alza*)

ERM.   Chi sarà?

CLOR.   Chi fia mai?

ERM.   Novello impegno.

CLOR.   S'avvicina.

ERM.   S'accosta.

CLOR.   Audace! (*scopre Erminia*)

ERM.   Indegno! (*scopre Clorideo*)

CLOR.   Sazia non sei di tormentarmi ancora?

ERM.   No; si plachi il tuo core, oppur si mora.

CLOR.   Lasciami.

ERM.   Nol sperar.

CLOR.   Perfida!

ERM.   Ingrato!

SCENA TERZA

TIMONE *con lanterna, e detti.*

TIM.	Che rumore? Chi è qui? Che cosa è stato?
	Siete qui nuovamente? (*scoprendoli*)
	Vattene, impertinente. (*a Clorideo*)
	E voi, andate via: (*ad Erminia*)
	Io non voglio rumori in casa mia.
CLOR.	E avrete cuor sì fiero
	Di volermi ramingo a notte oscura?
ERM.	Nemico di natura,
	Nemico di pietà sarete a segno
	D'usar con donna un trattamento indegno?
TIM.	Lo sa, lo sa costui,
	Se pietoso gli fui. Se non vedessi
	Che vi fosse fra voi sì fatto imbroglio,
	Vi userei la pietà che usare io soglio.
CLOR.	Per te, crudel. (*ad Erminia*)
ERM.	Per tua cagion, spietato. (*a Clorideo*)
TIM.	(Mi duole il cor di comparire ingrato). (*da sé*)
	Figliuoli, io parlo schietto:
	Cibo, ricovro e tetto
	V'offrirei fra le mie povere soglie,
	Se foste in carità marito e moglie.
CLOR.	Ah, la Lena, signor?
TIM.	Figlio, la Lena
	Non è per te. Scoperto ho qualche cosa:
	Veggo ch'è innamorata,
	E ad altri nel cuor mio l'ho destinata.
CLOR.	Misero me!
ERM.	Crudele!
	M'odii così che ognuna,
	Fuor ch'Erminia, può far la tua fortuna?
TIM.	Oh povera ragazza!
	Mi move a compassion. Che trovi in lei,

	Che la guardi con odio e con dispetto?
	Non ha forse un bel garbo e un bel visetto?
CLOR.	Non odio il di lei volto,
	Non spregio il di lei cor. Noto è ad Erminia
	Che amo la libertà, che mia delizia
	Sono i boschi e le selve, e ch'io non voglio
	Per lei soffrir dei cittadin l'orgoglio.
TIM.	Bravo; ti lodo, e veggo
	Che pensi giusto. E voi, s'egli vi preme,
	Con lui venite ad abitare in villa,
	Che vivrete quieta e più tranquilla. (*ad Erminia*)
ERM.	Cieli! per viver seco
	Basterebbemi ancora un antro, un speco.
TIM.	Senti? Rendi giustizia
	A un sì tenero amor.
CLOR.	Deh, pria lasciate
	Che intiepidisca, o che distrugga amore
	Quella fiamma fatal che m'arse il cuore.
TIM.	Ha ragione, ha ragion. Soffrite un poco. (*ad Erminia*)
	Arderà al nuovo foco. Orsù, non voglio
	Che più raminghi andate.
	In casa mia restate. Ma, intendiamoci,
	Non nello stesso sito,
	Fin che non siete ancor moglie e marito.
	Tu andrai sopra il fenile; (*a Clorideo*)
	Al sesso femminile
	Devesi più riguardo e più rispetto:
	Sì, di buon cor vi cederò il mio letto. (*ad Erminia*)

       Son contentissimo, ve lo protesto,

          Quando al mio prossimo posso giovar.

          Se il cielo provido ci dà del bene,

          La gratitudine si deve usar.

          Pacificatevi, e poi sposatevi,

          E poi servitevi come vi par. (*parte*)

SCENA QUARTA

Clorideo ed Erminia

ERM.   Deh, placati una volta.

CLOR.   Erminia, oh Dio!
No, crudel non son io qual tu mi credi.
Il caso mio tu vedi:
Compatisci d'amor legge severa.
Amami, se lo vuoi, ma soffri e spera.

  No, non è spenta in seno
   Fiamma d'antico amor.
   Ah, ch'io la sento ancor!
  Parmi però che il foco
   Calmisi a poco a poco.
   Se in libertade io sono,
   Tutto ti dono - il cor. (*parte*)

SCENA QUINTA

E soffrire dovrò, ch'ei per amarmi
La libertade aspetti
Da più vulgari ed infelici affetti?
Ah, tutto son costretta
A soffrire e a tentar. L'ardito passo
Fatto già per amor, l'onor, la fama,
Un preciso dover cresce alla brama.

Vo' soffrire e vo' sperar
Fin che fausto giunga il dì;
Sì, costante voglio amar
Quel crudel che mi ferì. (*parte*)

SCENA SESTA

GHITTA *e* FIGNOLO

FIGN.   Ghitta, vien qui.

GHI.   Che vuoi?

FIGN.   Così all'oscuro,
Perché in volto non veggami il rossore,
Parlarti io voglio, e palesarti il cuore.

GHI.   Se dir mi vuoi che amante
Sei di Lena, lo so. Ma credo bene
Che ti burli, meschin.

FIGN.   Sì, me n'avvedo.
M'ingannai, lo confesso,
Ma con Ciappo tu pur farai lo stesso.

GHI.   Pur troppo è ver; si vede,
Benché la Lena ancor neghi ostinata,
Che Ciappo adora, e ch'è da Ciappo amata.

FIGN.   Dunque, che facciam noi?

GHI.   Che dir vorresti?

FIGN.   Intendermi potresti.

GHI.   Sì, t'intendo.
Se la Lena tu perdi,
Ghitta sposar non ti saria discaro.
È vero?

FIGN.   Sì, egli è ver.

GHI.   Ti parlo chiaro.
Forse ti prenderò,
Ma per amor, non so.
Se ti prendo, sarà probabil cosa
Ch'io lo faccia per dire: anch'io son sposa.

        Se ti piace a questo patto,
          Io la man ti porgerò.
          Guarda poi, non fare il matto:
          Male grazie io non ne vo'.

65

E se far con me saprai,
  Forse amante un dì m'avrai;
  Ma per ora l'amorino,
  Bel visino, - non mi far. (*parte*)

SCENA SETTIMA

Sì, sì, la compatisco.

Meco fa la sdegnata,

Perché prima di lei quell'altra ho amata.

Per altro in coscienza

Vedrà la differenza

Fra Ciappo e me. Saprà che per marito

Val, più di tutto Ciappo, un sol mio dito.

Vezzosette villanelle,

Siete care, siete belle,

Ma vi fate un po' pregar.

Superbette, quest'è l'uso,

E pregarvi non ricuso.

Ma se dure resistete,

Semplicette, non sapete,

Ch'io so l'arte di adescarvi,

E di farvi - giù cascar. (*parte*)

SCENA OTTAVA

Prato dietro la casa di Timone, circondato d'alberi; con veduta in prospetto di colline ingombrate d'alberi e di vigneti e capanne. Fuochi di letizia che illuminano la scena, e luna risplendente.

TIMONE e *vari Contadini.*

TIM.   Bravi, figliuoli, bravi:

Obbligato vi sono

D'aver con fuochi ed allegrezze tante

Secondato il piacer della famiglia,

Poiché a casa tornò la cara figlia.

Andate e ringraziate

I compagni per me. Fate che tutti

Venghino qui. Son pover contadino,

Ma vo' di pane e vino,

E di cascio e prosciutto e d'insalata,

Far baldoria stassera alla brigata. (*I Contadini allegri partono*)

Son così consolato

Per vedere l'amor de' miei vicini,

Che se avessi quattrini

Non so che non farei... Se non m'inganno,

Parmi da quella parte

Veder Ciappo e la Lena.

Sì, son dessi. Vo' ritirarmi un poco,

Sentir s'ella è di ghiaccio, o in seno ha il foco. (*si ritira fra gli alberi*)

SCENA NONA

Lena e Ciappo; Timone, *ritirato fra gli alberi.*

LENA	Lasciami star, ti dico. (*fuggendo da Ciappo*)
CIA.	Par ch'io ti sia nemico.
LENA	Nemico non mi sei. Lo so, conosco
	Che tu mi porti affetto;
	Ma sai quel che t'ho detto.
CIA.	E fino a quando
	Ho da penar così?
LENA	Soffri, che forse un dì non penerai.
CIA.	Quando il giorno verrà?
LENA	Può esser mai.
CIA.	Povero disgraziato!
	Fignolo fortunato
	Sarà sposo di Ghitta, ed io, meschino,
	Avrò sempre a soffrir sì rio destino?
LENA	Ghitta si fa la sposa?
CIA.	Così dicono,
	E speranza di ben per me non c'è.
LENA	(La sorella minor prima di me?) (*da sé*)
CIA.	Vuoi vedermi morir.
LENA	Lo sa mio padre
	Che la Ghitta si sposa?
CIA.	Non c'è dubbio:
	Nozze senza di lui far non conviene.
LENA	(Ah sì, mio padre non mi vuol più bene). (*da sé*)
CIA.	E tu, Lena mia cara,
	Perché neghi di dar sì bel conforto
	A Ciappo tuo?
LENA	(Alla sua Lena un torto?) (*da sé*)
CIA.	Consolami, carina.
LENA	Lasciami star. (*afflitta*)
CIA.	Non posso
	Vivere più così. Su via, crudele,

Odimi: ho già risolto:

O tuo sposo, o morir. Non v'è più tempo,

Non vo' più lusingarmi:

Se sposarmi non vuoi, vo ad annegarmi.

LENA (Oimè! mi fa tremar). (*da sé*)

CIA.   Non mi rispondi?

Basta così, ho capito:

Per me il mondo è finito.

Questa è l'ultima volta

Che mi senti a parlar.

Crudele! Addio. (*in atto di partire*)

LENA Fermati, Ciappo mio. (*con ansietà*)

CIA.   Oh Dio! son qui.

Sarai mia?

LENA   Sarò tua. (*tenera*)

CIA.   Ma quando?

LENA   Un dì. (*come sopra*)

CIA. Ma qual giorno?

LENA   Sta zitto:

Non lo dire a mio padre.

CIA.   Senza lui

Come si potrà fare?

LENA Non mi far adirare.

Non vo' ch'egli lo sappia.

CIA.   Ah Lena mia,

Tu mi lusinghi invano.

LENA Giuro che sarò tua.

CIA.   Dammi la mano.

LENA La mano?

CIA.   Sì, mia cara.

LENA (Povera me!) Non voglio.

CIA. Dunque non crederò

Che tu dica davvero, e me n'andrò. (*in atto di partire*)

LENA Fermati.

CIA.   Sì ostinata?

LENA Prendi... ti do la man. (*tremante*)

CIA.	Mano adorata. (*stringendola*)
TIM.	Ci ho da essere anch'io. (*alla Lena*)
LENA	Via, via di qua. (*spingendo Ciappo con finto sdegno*)
CIA.	Perdonate, signore. (*a Timone*)
LENA	Io non lo voglio.
TIM.	Non lo vuoi? non lo vuoi? Senza del padre

TIM.
Facevate le cose in fra di voi,

E ora dici con me che non lo vuoi?

Subito, qua la mano. (*prende la mano alla Lena*)

LENA	Povera me! (*tremante*)
TIM.	La tua. (*a Ciappo*)
CIA.	Caro padrone... (*tremante gli dà la mano*)
TIM.	Sfacciatella! Briccone!

Son proprio inviperito.

Voglio farvi pentir. Moglie e marito.

(*unisce le due mani della Lena e Ciappo*)

CIA.	Viva, viva il padron.
LENA	Caro papà.
TIM.	Figlia, per carità,

Non esser più sdegnosa.

Ecco, tu sei la sposa,

E Ciappo è figlio mio,

E giubilo ancor io.

Ed or che tu sei moglie,

Ghitta lo sarà ancor. Non lo sarebbe

Certo prima di te. Vo a consolarla;

Anch'essa, se lo vuol, Fignolo pigli.

Vi benedica il ciel, cari i miei figli. (*parte*)

<h1 style="text-align:center">SCENA DECIMA</h1>

LENA e CIAPPO

CIA.	Lena, sei tu contenta?
	Arrossirai più ora?
LENA	Un tantin di rossor mi resta ancora.
CIA.	Ora che sposa sei,
	Deve andare il timore in abbandono.
LENA	È vero, è ver, ma vergognosa io sono.

CIA.   Dammi, o cara, un dolce amplesso;
      Più di te non sei padrona.
      Allo sposo il cor si dona:
      Importuno è il tuo rigor.

LENA   Se d'amarti mi è concesso,
      Se son tua, se tu sei mio,
      Più di questo io non desio:
      Deh, s'appaghi il tuo bel cor.

CIA.   Innocenza, sei pur bella!

LENA   Sento amor che mi martella.

a due   Agnelline fortunate,
      Degli agnelli innamorati,
      Senza l'onta del rossor
      Voi spiegate il vostro amor.

CIA.   Vien, mia vita.

LENA   Sta lontano.

CIA.   Sarò dunque sposo invano?

LENA   Ti vo' bene e ti amerò,
      Ma vicino io non ti vo'.

CIA.   No?

LENA   No.

CIA.   Sposi, voi che amanti siete,
      Se di me pietade avete,
      Dite voi cos'ho da far.

LENA   Voi, fanciulle vergognose,

Che giungeste ad esser spose,

Dite voi cos'ho da far.

CIA. Tu dei far quel che dich'io.

LENA   Io obbedisco al padre mio.

CIA. Più non c'entra il genitor.

Io comando al tuo bel cor.

LENA Tu comandi?

CIA.   Io ti comando.

LENA Chi lo dice?

CIA.   Or tel dirò:

Tutte le leggi, tutti i dottori,

Tutti i villani, tutti i signori,

Tutti gli esempi delle nazioni,

E più di tutto quelle ragioni

Che la natura desta nel sen.

LENA Oh, cosa sento! Cosa diranno

Tutte le leggi, tutti i dottori,

Tutti i villani, tutti i signori,

Tutti gli esempi delle nazioni,

S'io non capisco queste ragioni?

Sono tua sposa, puoi comandare:

Tutto vo' fare - quel che convien.

CIA. Vieni, mia cara.

LENA   Sono con te.

CIA. Sposo felice chi è più di me?

a due Gioia maggiore, no che non c'è.

Dolce amore, deh placido scendi;

Del tuo foco m'investi, m'accendi.

L'alma in seno mi sento brillar.

Che diletto - provo in petto!

Gioia cara, - gioia mia,

Di timori non s'ha da parlar;

Sol si pensi a godere e ad amar. (*partono*)

SCENA UNDICESIMA

CLORIDEO, ERMINIA, *la* GHITTA *e* FIGNOLO

GHI.
Via, via, la pace è fatta;
Mi consolo con voi. La man di sposi
Datevi, poverini:
Vi auguro sanità, pace e bambini.

FIGN.
Anch'io mi son sposato:
Questa è la sposa mia.

GHI.
Sì, sposata mi son per compagnia.

ERM.
Via, Clorideo: la Lena
Sai che di Ciappo è sposa.
A me la mano,
Per pietà, non negar.

CLOR.
                  Non più. Perdona
Se finor t'insultai. Sarò tuo sposo,
Pur che viver ti piaccia
Lungi dalla città, fra i boschi amici.

ERM.
Teco ovunque godrò giorni felici.

CLOR.
Ecco dunque la destra.

ERM.
                      Oh cara mano!
Penai, è ver, ma non ho pianto invano.

SCENA ULTIMA

TIMONE, LENA, CIAPPO *e detti.*

TIM.	Vieni, vieni, figliuola. Eccola qui. (*conducendo la Lena per mano*)
	Alfin la Lena mia si è maritata,
	Ma un po' di timidezza le è restata.
GHI.	Mi consolo, sorella.
LENA	Ed io con te.
FIGN.	Ciappo, me ne consolo.
CIA.	Ed io con te.
TIM.	Oh che piacere è il mio
	Consolate veder le mie figliuole,
	E veder consolati,
	E veder maritati
	Erminia e Clorideo!
	La mia casa è la reggia d'Imeneo.

TUTTI

Oh che notte fortunata,
Oh che gran felicità!
Viva, viva il dio bambino,
Viva Amore Contadino,
E la sua semplicità.

Fine del Dramma.